MW01140890

狐狸忘記了

文·圖　馬丁·巴茲賽特
譯　林美琪

小魯文化

小魯繪本世界14

狐狸忘記了

文・圖　馬丁・巴茲賽特

譯　林美琪

發行人／陳衛平　執行長／沙永玲

出版者／小魯文化事業股份有限公司

地址／106臺北市安居街六號十二樓

電話／(02)27320708　傳真／(02)27327455

E-mail／service@tienwei.com.tw

網址／www.tienwei.com.tw

facebook粉絲團／小魯粉絲俱樂部

總編輯／陳雨嵐

文字責編／蔡融妮　美術責編／王淳安

郵政劃撥／18696791帳號

出版登記證／局版北市業字第543號

初版／西元2012年2月

定價／新臺幣280元

ISBN／978-986-211-272-4

Martin Baltscheit
Die Geschichte vom Fuchs, der den Verstand verlor
Originally published at Bloomsbury Kinderbücher
& Jugendbücher, Berlin.

一隻狐狸，一隻聰明又帥氣的狐狸。

一身紅狐狸毛、跑得速度飛快，而且常常感到饑餓。
他是一隻無所不知的狐狸，
懂得所有狐狸該知道的事，例如：

1. 如何設陷阱讓小羊跳入。
2. 如何為可愛的小兔子挖墳墓。
3. 如何將抓來的母雞變成美味的食物。

這隻狐狸，
每個星期會邀請年輕的小狐狸
到家裡作客，
請大家吃好料理，
並透露自己狩獵的祕訣。

譬如：

一隻聰明又狡猾的狐狸，

要怎樣才能

躲過獵狗的追蹤。

吼ㄡㄡㄡㄡㄡ！
嚇ㄜㄜㄜㄜㄜㄜ！
嚇ㄜㄜㄜㄜㄜ！
200
131

嗥么么么么么么么么么么么

嗥么么么么么么！

90

無所不知，

一定可以活很久，

狐狸這樣想著。

然後繼續過著

充滿冒險與刺激的生活。

狐狸的壽命很長，

他活得很久，變得老態龍鍾。

他的鬍鬚像雪花一樣白，

身上因為冒險打鬥，到處坑坑疤疤，

而且，也變得**有點健忘**。

星期天星期天

首先，他分不清楚一個星期的順序。

星期三他上教堂做禮拜，很驚訝為什麼鵝媽媽唱詩班沒開唱。

星期四星期四

星期一

星期五星期五

星期三星期

星期六

星期二星期

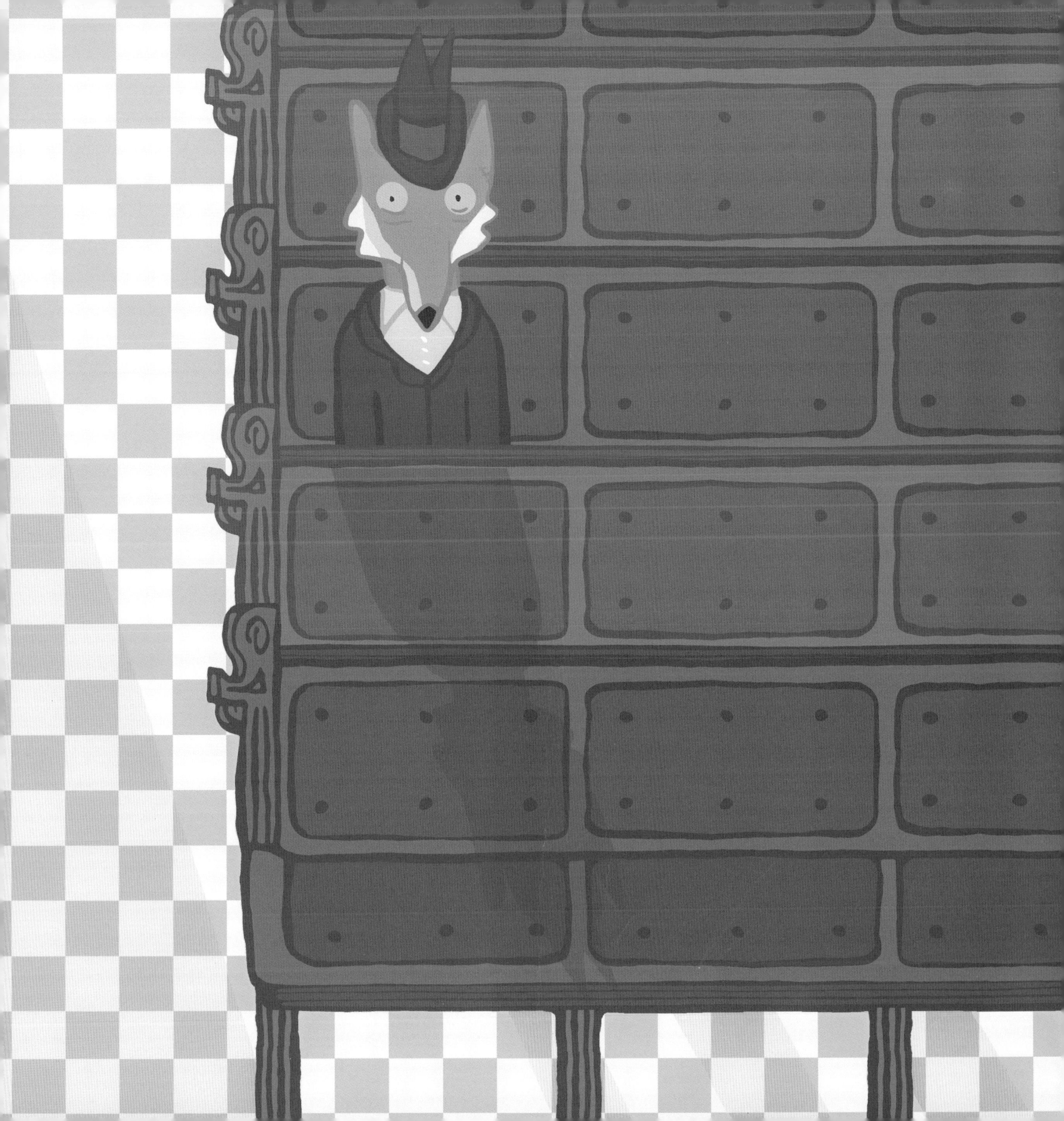

然後， 狐狸忘了想狩獵的念頭。

他必須回到第一次有這種想法的地方。

他還忘記朋友的生日，
沒帶禮物就出門；
或者帶了禮物出門，
卻沒人過生日。

不過，

這一切的一切，都沒有對狐狸造成大麻煩。

直到有一天，

狐狸找不到回家的路，

他爬上了樹，坐在鳥巢上。

這時，飛來一隻小鳥，問他：

「你住這裡嗎？」

狐狸這會兒才想起，

他家不是在這裡。

此後，小鳥再也無法問任何人問題了。

有一回，當狐狸在狩獵時，
突然忘了該如何去獵捕動物。

但因為肚子很餓，
所以他停了下來，
把整叢鮮紅的黑莓果吃個精光。

回到家，
年輕的小狐狸一看到他鮮紅的嘴巴，
馬上想著：

「喔！
這隻狐狸
今天至少吃了七隻小羊。」

幾個星期過後，

狐狸甚至忘了有黑莓果可吃，

對果子視而不見。

他整天游泳，

繞著池塘游了四圈，

潛水五回合還不靠邊，

噴水有六公尺高遠，

射向太陽火熱照耀的藍天。

呼ㄨㄨㄨㄨㄨ……

狐狸晚上睡不好，

他夢到好吃的食物：

4 種新鮮肉類；

5 道可口佳餚；

至少 6 種紅酒。

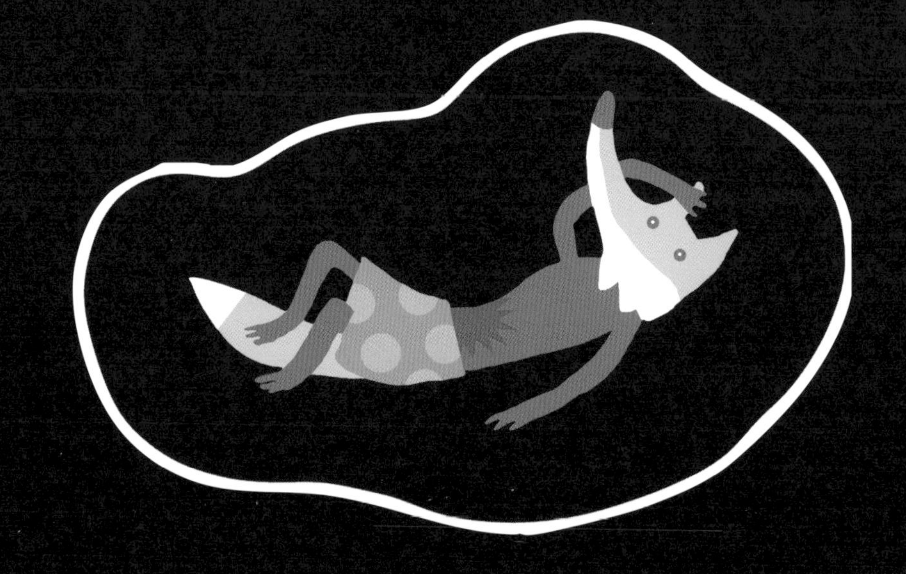

換句話說，狐狸**肚子餓了**。

於是，他醒了過來，

準備出門狩獵填飽肚皮。

上路之後，他卻忘記該如何捕獸；

跑遍了整座森林之後，卻忘記如何奔跑。

於是，狐狸停了下來，

卻不知道自己到底為何停了下來。

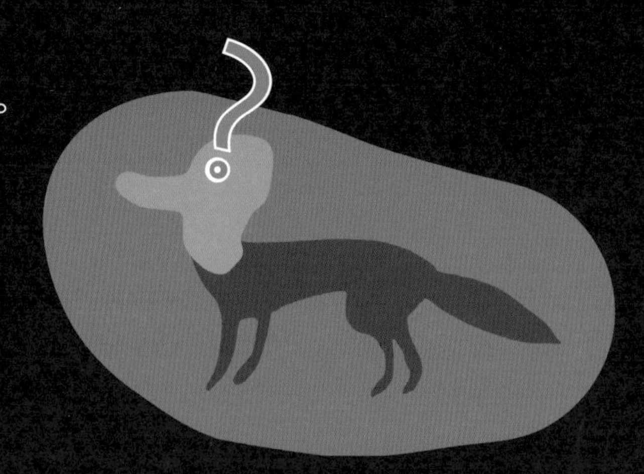

狐狸忘記了自己是一隻狐狸。

這時，他聽見遠遠的地方傳來聲音……到底是什麼東西發出的聲音？有東西跑了過來，這些傢伙聲音很大，他的……那叫什麼呢？紅色的那個。還有大大的……叫什麼呢？對了！叫**嘴巴**，嘴巴上紅色的東西是**舌頭**。沒錯！就是舌頭。這些傢伙越來越靠近，而且**氣急敗壞**，他們到底在氣什麼呢？越來越多的嘴巴和舌頭狂奔而來。這些傢伙有小小的、黃色的……是的！是**眼睛**，謝謝提醒！這些傢伙斜眼瞪人，吐出長長的舌頭，牙齒尖銳。因為已經靠得很近，可以清清楚楚地聽到他們的叫聲。他們喊叫著：*「這隻狐狸，這隻狐狸，這隻狐狸死期已來臨！紅色的，這隻狐狸，這隻狐狸，這隻狐狸死期已來臨！」*這隻狐狸？哪隻狐狸？這裡有狐狸嗎？沒有啊！這兒沒見到狐狸呀！這聲音聽起來倒比較像是……

老狐狸最後逃過了獵犬的追殺……

他們咆哮著跑過樹下。

狐狸鬆了一口氣，甚至還笑著說：

「哼！這些笨……笨什麼？對了！笨狗。哈哈哈！」

然後，他失去了平衡，從樹上跌下去，

跌了

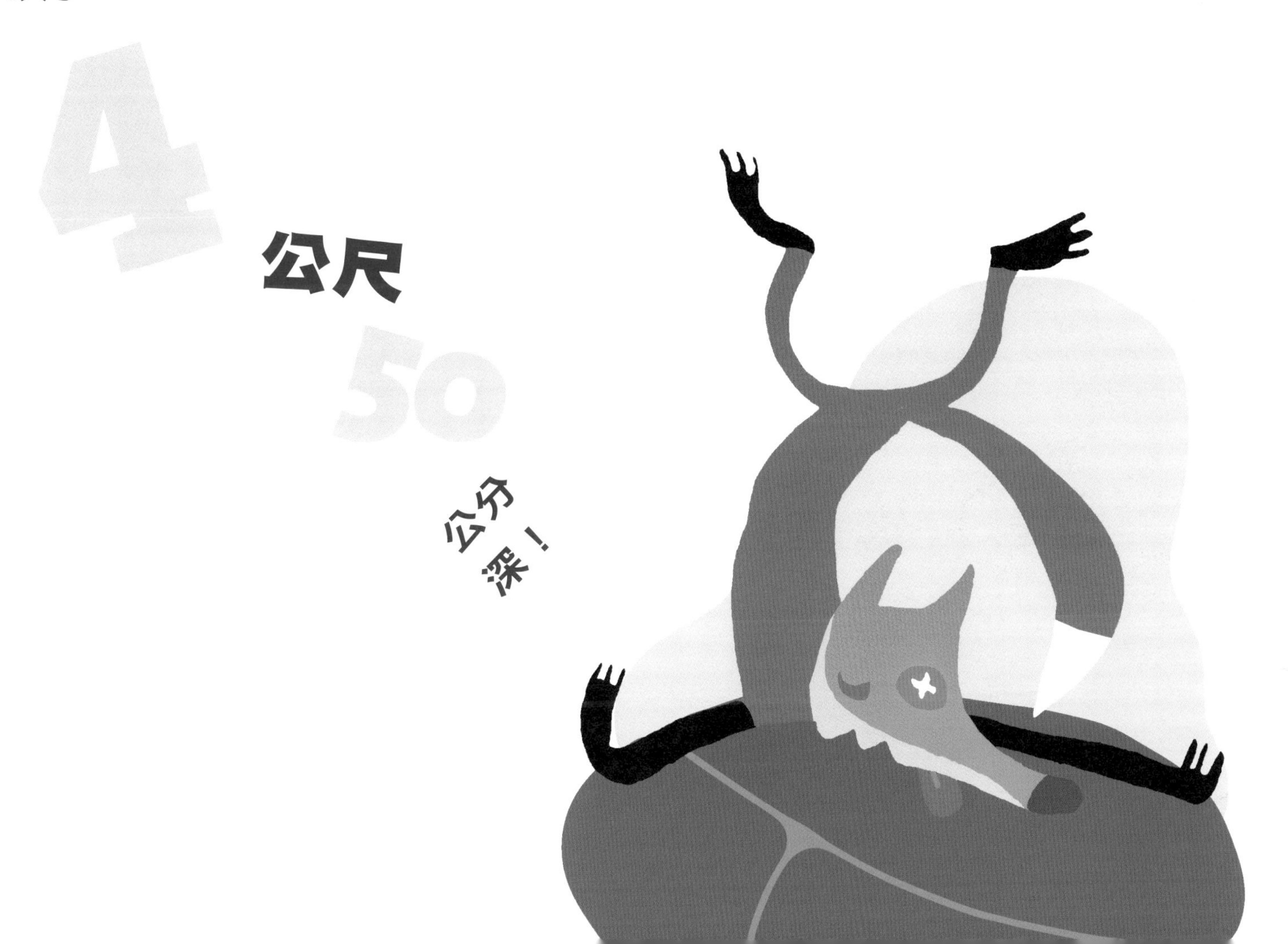

兩天後，年輕的小狐狸找到了
傷勢嚴重的老狐狸。
他們將他帶回家療傷，
傷勢幾乎
都可療癒；
只有智能無法痊癒。

狐狸遺失了他的智能，
而且沒有人知道它到底掉在何處……

很快地，鵝媽媽們聽到狐狸生病的消息，

每回見到他，鵝媽媽合唱團便會三部和聲，高唱著：

每次狐狸遇到**母雞**總會問：

「你們到底是什麼奇怪的動物呢？」

母雞就會極盡所能地學狗叫，

喊著：「我們當然是狗啊！」

羊則告訴狐狸，其實他是羊群的一員，

最喜歡吃有刺的玫瑰。

狐狸聽了之後信以為真，吃了有刺的玫瑰。

當他滿嘴通紅地回來時，羊笑著說：

「看啊！這隻狐狸一定又吃了七隻小羊，

才會吃得滿嘴通紅。」

這時，狐狸便會生氣地跑了起來，

想把嘲笑他的羊全部**吃個精光**。

但是，跑沒幾公尺，

他便忘記自己剛剛到底為什麼生氣，

離開前，還祝福所有的羊一整天過得順心如意。

狐狸**最喜歡**在河邊，

和一位和善的陌生人談天說地，

那人是——狐狸自己河面上的倒影。

從前從前，

有一隻遺忘自己的狐狸。

他什麼都不知道，他只剩下感覺。

他感覺，有人舔他的傷口；

他感覺，肚子餓的滋味；

他喜愛，年輕的小狐狸和他聊狩獵；

他喜歡，年輕的小狐狸用麥桿偽裝自己的祕訣。

有些事他很難再回顧，

名字和姓氏他記不住，

他也想不起回家的路，

晚上要他一個人睡，他拒絕……

幸好，睡覺的時候，他總是有伴相隨。

探討失智，一點也不沉重！

文／林美琪

《狐狸忘記了》是本語言及圖像風格皆極為獨特的繪本。語言上讀來兼具趣味性與音樂性，並且強調韻腳。書中一開始便說：狐狸無所不知，懂得所有狐狸應該知道的事。讀起來有種繞口令的趣味，而書中舉例的三項事：如何設陷阱讓小羊跳入、如何為可愛的小兔子挖墳墓、如何將抓來的母雞變成美味的食物，在德文的原文當中，每行的最後一個字均以摩擦音「特」結束。

失去智能的狐狸整天游泳，沿池塘游四圈、潛水五次、吐水六公尺高，明顯展現了在童謠中玩數字的手法。而狐狸運動過量，到了晚上饑腸轆轆，夢到四種新鮮的肉類、五道菜和至少六種紅酒，四、五、六的數字遊戲又再度出現。此外，幽默風趣的詩意還明顯展現在鵝媽媽合唱團嘲笑失智老狐狸的歌曲當中，每句歌詞最後一個字的韻腳完全相同，音韻當中富含的音樂性，使得整本書帶有兒童版的史詩風格，時而幽默、時而感傷、時而戲劇性地描繪了狐狸一生的起落。

戲劇性的語言風格成功出現於獵狗發現狐狸的場景：失智的狐狸忘了自己是隻狐狸，因而無法及時意識到自身的危險。敘述者深入狐狸的內心世界，以狐狸的眼光來看他既熟悉又陌生的敵人，和緊張又刺激的敵對場景。透過這個情節，作者精采地形塑了失智狐狸的特質。

就繪畫風格而言，由於作、繪者為同一人，因此語言與圖像配合得天衣無縫。尤其是老狐狸逃過獵狗的追逐，卻因嘲笑敵人而失足跌了下來，跌的深度四公尺五十公分深，巧妙地由文字變成了畫面，連結了左圖樹上的狐狸及右下角跌得四腳朝天的老狐狸，漫畫風格油然而生，並和童謠般的趣味風格不謀而合。此外，巴茲賽特選擇以塊面方式，呈現人物、景色及氛圍。色塊與色塊之間常使用對比的風格，如磚紅與草綠、黑與白等對比色，很有立體派的況味。

這部幽默的作品闡述了現代社會中失智老人的議題，藉著擬人化的手法，讓狐狸道出所有失智老人所面臨的問題：失憶（失去記憶）、失能（失去自理生活的能力）以及失蹤（常忘記回家的路），透過狐狸的習性與生活內容，精準地描述失智老人的現象。作者以輕鬆有趣的方式，讓讀者毋須背負沉重壓力，便可經由幽默的語調及逗趣的情節認識失智症，社會教育功能極高，是一本寓教於樂、精采絕倫的繪本。